맡김

정 태 성 시집 (7)

도서출판 **코스모스**

맡김

머리말

나의 내면에 무엇이 있는지 잘 모릅니다.

하지만 시를 쓰다 보면

알게 되는 것 같습니다.

힘들 때 친구가 되어 주기도 하며

외로울 때 함께 해주기도 합니다.

그래서 어제도, 오늘도, 그리고 내일도

시를 쓰게 되는 것 같습니다.

언젠가 좋은 시를 쓸 수 있게 되겠지요.

부끄럽지만 그래서 묶어보았습니다.

2021. 12.

저 자

차례

차례

차례

차례

1. 맡김

모든 것을 맡깁니다
믿음이 있기에 가능합니다

내가 할 수 없습니다
나의 영역이 아닙니다

맡겼기에 편안합니다
내면은 조용합니다

결과에 연연하지 않습니다
어떤 것에도 집착하지 않습니다

흐르는 데로 내버려 둡니다
저항하지 않습니다

부딪히면 깨어집니다
산산이 깨어집니다

그것이 맡김입니다

2. 살아 있음

살아있음을 느낍니다
나의 존재의 증명입니다

내가 할 수 있는 것이 있고
내가 좋아하는 것이 있으며
내가 몰입하는 것이 있습니다

멀리 있지 않고
바로 오늘 여기에
삶의 기쁨이 있습니다

3. 잃어버림

난 잃어버렸어

나를 잃었고
너도 잃었고
모든 것을 잃었어

어디에 있는지도
여기가 어딘지도

이제는 얻을것도 없고
기대할 것도
바라는 것도 없어

이제는 끝이겠지
아무것도 없겠지

4. 간절함

꽃피는 봄 소풍가는 날이 간절했고
한 여름엔 곤충잡는 것이 간절했다

가을이 되니 운동회가 간절했고
추운 겨울 호빵이 간절했다

고등학교때는 대학이 간절했고
군대에선 초고파이가 간절했다

정신없이 사느라 간절함을 잃었다
나의 간절함은 어디에 있을까?

잃어버린 간절함을 찾아야 할 듯 하다
이젠 삶의 간절함이 필요할 듯 하다

5. 빛나는 삶

밤하늘의 별이 빛나는 건
어둠이 있기 때문

우리의 삶이 빛나는 건
시련이 있기 때문

어둠이 당연히 있듯
시련도 당연한 것

시련없은 삶은 없으리니
빛나는 삶을 바라보리

6. 깊은 밤

가을밤이 깊어갑니다.
모두 잠들었는지 고요함만 있습니다
창문을 열었습니다.
스산한 가을 바람이 얼굴을 감쌉니다
귀뚜라미 소리가 들려옵니다
구슬픈 소리 같아도 정겹게 들립니다
창문밖으로 밤하늘이 보입니다
오늘따라 유난히 별이 반짝입니다
깊은 밤이 지나면 새벽이 오겠지요

7. 나와 너

네가 없으니 내가 없다
너를 없애니 나도 없어진다

네가 있어야 나도 있다
너를 있게 하니 나도 있어진다

나와 다른 것 같지만 다르지 않다
나와 같은 것 같지만 같지 않다

나만 있게 하니 모두 없어진다
모두 있게 하니 나도 있어진다

8. 누가

누가 나의 길을 알려줄까
쉽지 않고 어려운데

누가 나와 함께 길을 갈까
험하고도 먼 길인데

누가 나의 손을 잡아줄까
아무도 없을텐데

누가 나를 일으켜줄까
그 황량한 공간에서

9. 파도

거세 파도가 몰려온다
두려움도 함께 온다

보기에도 아찔한 파도다
공포마저 느껴진다

이 파도를 어찌 넘어야 할까
나의 힘으로 넘을 수 있을까

내 몸이 산산이 부서질지도
파도 치는 물속에 빠질 지도

아무것도 의지하지 말고
모든 것을 버리고
파도에 몸을 맡기는 수밖에

그 이상은 보이지가 않으니

10. 삶을 위한 오늘

삶을 위한 소중한 시간
오늘도 아름답게 지나가고 있다

무엇을 위한 오늘이었을까

나는 끝없는 시간의 연장선에서
어디쯤 서 있는 것일까

평범한 것 같지만
평범하지 않은 오늘이다

그렇게 시간은 흘러가고
나의 삶도 낙엽처럼 쌓여가고 있다

이제는 돌아오지 않을 시간들
나와 영영 작별하여야 하는 순간들

나의 가슴에 묻고 묻어
먼 미래의 순간에
다시 꺼내보리라

11. 푸른 소나무

꽃은 피고 나뭇잎은 푸르러
낙엽이 되겠지
겨울눈에 모든 것은
묻히고 잊혀지겠지

나의 맘에도 꽃이 피었다
푸르름에 가슴 뛰다가
그리곤 다 잊혀지겠지

잊혀지지 않는 것이 있을까
나를 기억하는 것이 있을까

푸른 소나무가 되어야 하는 걸까
늘 푸른 소나무가

12. 아니 온 듯

나 가진 것 별로 없으니
나를 기억하는 이도
나를 생각하는 이도
많지 않으리

나 내세울 것 하나 없으니
있는 듯 없는 듯
아니 온 듯
고요하리라

하지만 그 누가
기억이라도 한다면
존재했다는 추억이라도
간직할수 있으리

13. 빈 자리

다 떠나고 아무도 없는 빈 자리
이 자리는 누가 채울까
언제 이 자리가 채워질까

아마 영원히 채워지지 않을지도
그저 그냥 빈 자리를 바라봐야만 할지도

14. 좋아하는 것

내가 좋아하는 것은 무엇일까
내가 좋아하는 것이 있었을까

내가 좋아하는 것을 할 수 있었을까
얼마나 많은 시간을 그걸 위해 썼을까

나는 없었던 것일까
무엇을 위해 살았던 걸까

앞으로는 그게 가능할까
시간은 얼마 남지 않은 것 같은데

15. 그렇게

가진 것 없어도 손잡아 주었다
아는 것 없어도 알아 주었다

나하고 달라도 받아 주었다
잘못이 있어도 문제 없었다

고개 돌리며 눈물 흘렸다
서로 바라보며 웃음 웃었다

같이 걸으니 축복이었다
같은 하늘을 보니 행복이었다

16. 작아지는 것은

왜 이리 작아지는 느낌일까
세월이 흐르면 더 클거라 생각했는데

무슨 이유로 작아지는걸까
열심히 했는데도 불구하고

언제까지 작아지게 될까
더 이상 희망은 없는걸까

나도 모르게 눈물이 흐른다

17. 바람인 듯

인생은 바람에 불과할지도
여기서 불어서 저기로 가는 것

아무것도 얻지 못한 채
그냥 흘러가는 것

만나면 작별해야 하고
다시는 돌아오지 못하고

사람도 그렇게 흘러가고
세월도 그렇게 흘러가고

18. 만남과 헤어짐

그렇게 만났다가
그렇게 헤어진다

별것도 아닌 삶을
그렇게 보낸다

후회할 것도
아쉬울 것도 없다

삶이 원래 그렇다

만나면 헤어지고
헤어지면 만나는 거다

19. 복잡함

하늘은 맑았다
바람도 선선하다

여름은 지나갔고
완연한 가을이다

자연은 저리
순순하게 가거늘

우리의 삶은
뭐가 이리 복잡할까

세월이 겁나고
사람들이 무섭다

20. 바라지 않음

아무것도 바라지 않으니
그저 고마울 따름이고

아무것도 기대하지 않으니
그저 감사할 따름입니다

하고자 함이 없으니
마음이 평안하고

이루고자 함이 없으니
마음이 쉴수 있습니다

21. 신기루

이미 사라져버렸다
쫓을 필요가 없다

이미 존재하지 않는다
찾을 필요가 없다

있다가도 없고
없다가도 있다

꿈이었는지도
꿈이 아니었는지도 모른다

모든 것은 신기루일수도

22. 알지도 못하면서

어떤 사람인지 알지도 못하면서
왜 나는 그랬을까

내가 어떤 사람인지 알지도 못하면서
왜 내게 그랬을까

나는 너를 얼마나 알까
너는 나를 얼마나 알까

알지도 못하면서 왜 그러는 것일까
알려고 노력하려 않고
알고 있는 것만 전부라 생각한다

알지도 못하면서
알려고 하지도 않는다

23. 힘든 문제라도

내가 풀기 힘든 문제라도
해결할 수 없는 아픔이라도

기다리고 버티다보면
언젠간 해결될 날이 오리니

미리부터 겁낼 필요도 없고
실망하거나 절망할 이유도 없으니

꿋꿋하고 묵묵하게
그저 오늘 할일만 하리라

24. 걱정할 필요 없네

해결할 수 있는 것도 있지만
해결할 수 없는 것도 있기 마련

해결할 수 있는 것은
해결되니 그것으로 족하고

해결할 수 없는 것은
내버려 두면 될 뿐

어차피 그것은
노력해도 해결될 수 없기에

무슨 문제가 나를 괴롭힐까
걱정할 이유가 하나 없네

25. 바라지 말고

그에게 무언가를 바라지 말자
바람은 나의 욕심일 뿐

그에게 무언가를 기대하지 말자
기대도 나의 욕심일 듯

그냥 존재함으로 만족하자
있는 것만으로도 충분하니

언젠가 못 볼 날이 갑자기 오리니
그 아쉬움을 달래지 못할지니

26. 곁에서 같이

가만히 바라보고 싶다
오랫동안 그냥 바라보고 싶다

곁에 있어 주고 싶다
오랫동안 그냥 곁에 있어 주고 싶다

빗소리를 같이 듣고 싶다
창문을 열고 바람을 맞아가며
같이 빗소리를 듣고 싶다

같이 울고 싶다.
힘든 일이 있어도 함께라는 것을
알려주고 싶다

같이 기뻐해 주고 싶다
꿈을 이루는 날 곁에서
함께 기뻐해 주고 싶다

27. 순간들

힘든 순간이 많았으니
평안한 순간도 있겠지

슬픈 순간이 많았으니
기쁜 순간도 있겠지

아픈 순간이 많았으니
즐거운 순간도 있겠지

외로웠던 순간이 많았으니
함께 할 순간도 있겠지

이제는 좋은 순간들이
더 많이 다가오겠지

28. 볼 수 있는 것

내가 볼 수 있는 게 전부가 아니다
나의 눈으로 볼 수 있는 것은
지극히 작은 것에 불과할 뿐이다

내가 알고 있는 게 전부가 아니다
내가 지금 알고 있는 것은
세상의 지극히 작은 일부일 뿐이다

내가 확신하는 게 전부가 아니다
나의 생각은 틀릴 가능성이 너무 많고
나의 판단은 잘못될 가능성이 너무 많다

볼수 있는 게 별로 없고
알고 있는 게 별로 없고
확신하는 게 별로 없는 것이
지금 나의 현재의 모습이다

29. 선택

나는 선택했다
더 높이 날기로

나는 선택했다
더 멀리 날기로

나는 선택했다
더 힘차게 날기로

나는 선택했다
더 높이 더 멀리 더 힘차게 날아
진정한 자유를 누리기로

나는 나 자신을
그렇게 선택했다

30. 치유

내 인생을 치유할수 있는 사람은
나 뿐이다

나의 아픔과 슬픔도
고통과 절망도

그 모든 것을 치유할 이는
나 뿐이다

나와 가까운 사람도
나를 좋아하는 사람도
내가 좋아하는 사람도
완전한 치유자는 될 수 없다

스스로 치유하는 것
스스로 일어서는 것
스스로 헤어나는 것은
나에게 달려있을 뿐이다

오직 나의 힘으로
나를 치유할 뿐이다

31. 그저 오늘로

과거는 끝났다
미래는 오지 않았다
나에게 주어진 건 오늘 뿐이다

과거에 열심히 살았건 그렇지 않았건
미래에 열심히 살건 그렇지 않건
지금 나에게 무슨 의미 있으랴

후회와 아쉬움도
미련과 집착도
기대와 바람도
다 잊어버리고

그저 오늘을 열심히
사는 것으로 족할뿐이니

32. 새장

간혀 있다
사방으로 막혀있는
새장속에 간혀있다

사람에 의해
가정에 의해
직장에 의해
사회와 국가에 의해
인습과 관습에 의해
시대와 문화에 의해
그리고 패러다임에 의해
간혀 있다

살아있지만 살아 있음을 느끼지 못한다
내가 죽어 새장을 탈출하려 한다
더 넓은 세계에서 진정한
자유를 누리기 위해

33. 그런 이유들

짧은 시간이나마
함께 할수 있음은
신이 주신 선물이다

부침이 있더라도
넘길수 있음은
마음이 따뜻하기 때문이다

멀리 있지만
그리워하는 것은
추억이 있기 때문이다

나의 욕심을
내려놓는 것은
그를 더 많이 생각하기 때문이다

34. 마지막 비행

마지막 비행일지도 모릅니다

그 많은 세월이
언제 이리 지나간 걸까요

주위가 어두워진 저녁
그렇게 비행기에 올랐습니다

깜깜한 주위에 공항터미널은
환히 불이 밝혀져 있고

우리를 태운 비행기는
힘차게 하늘을 향해 날아올랐습니다

한 시간도 안되는 시간이었지만
밤하늘의 별과
땅위의 불 빛을 바라보며
유유히 비행을 하였습니다

하늘 높이 날던 비행기는
서서히 고도를 낮추어

환하게 불 밝혀진 활주로에
무사히 착륙하였습니다

비행기 트랩을 내려와
타고온 비행기를 다시 바라봅니다

기회가 된다면
나의 모든 것을 주신 당신과 함께
다시 한번 비행하기를 바랄 뿐 입니다

35. 하늘과 바다

끝도 없이 펼쳐진 바다위에서
드 넓은 하늘이 만났습니다

그 크기를 알 수도 없고
그 깊이를 알 수도 없습니다

가물거리는 수평선을 보며
나의 왜소함에 부끄러울 뿐입니다

사는 게 별것 아닌데
대자연에 비하면 표도 나지 않는 것인데
왜 그리 집착하며
욕심을 부리며 살았는지
후회만 될 뿐 입니다

마음을 열고 드넓은 바다를 안고
눈을 들어 저 높은 하늘을 바라봅니다

조금이나마 나의 내면이
넓고 커지기를 바라면서

36. 가을강

흐린 것도 같기도 하고
맑은 것 같기도 같다

깊은 것도 같기도 하고
낮은 것 같기도 같다
가을강의 모습은 헤아리기 어렵다

어제의 강물은 오늘의 강물이 아니다
오늘의 강물은 내일의 강물이 아니다
그렇게 변하며 가을강이 되었다

한적한 가을강엔 인적마저 드물다
가을강은 쓸쓸히 흘러가고 있다
찾는 이 없지만 외롭지 않다

가을강은 이제 순응함을 안다
겨울이 되면 강물은 얼고
봄이 되면 다시 녹아 흐르리라

가을강은 자신의 물결에
노랗고 붉은 단풍과
환하고 둥그런 달
밤하늘의 빛나는 별을 간직하고
세상의 많은 것을 자신의 품에 안은 채
모든 것을 받아들이며 그렇게 흘러간다

37. 간이역

여행의 시작 그리고 끝
그 모두를 알 수는 없지만
여행은 즐거운 것이다

세상의 많은 것들
끊임없이 변하는 모습
오고 가며 만나는 인연과
처음 겪어보는 삶의 경험들

나는 오늘도 간이역에 앉아
지나온 시간을 회상하며
다가올 시간을 기대해본다

잠시 들른 간이역이지만
내 삶의 또 다른
중요한 공간이었다

38. 잠시 뿐

본래 내 것은 없었다.
나에게 잠시 머물러 있어서
내것이라 생각했을 뿐이다

내 것이 아니기에
집착할 필요도
연연할 필요도
미련을 가질 필요도 없다

모든 것은 나를
잠시 스쳐갈 뿐이다

바람처럼 구름처럼
내게 왔다 지나가 버릴뿐이다

더 오래 있으라 붙들수도
더 오래 머무르라 잡을수도 없다

본래 내 것이 아니기에
있었던 곳으로 갈 뿐이다

나 또한 내가 있었던 곳으로
가기 위해 오늘 잠시
스치듯 머무를 뿐이다

39. 그것일 뿐

사라져 갈 뿐이다
슬퍼할 필요가 없다

다가올 뿐이다
기뻐할 필요가 없다

어떤 것이 오고 가건
그 누가 오고 가건

가는 것은 가고
오는 것은 올 뿐이다

물이 흘러가듯 내버려두고
구름가듯 지켜만 볼 뿐이다

오고 가는 것이 당연하니
좋고 싫을 것도 없고
옳고 틀릴 것도 없다

나는 그냥 여기 있음으로 족하다

40. 짐

먼 길을 가야 한다
무거운 짐을 내려놓고
아무것도 없이 떠나야 한다

내 스스로 짐을 만들지 말아야 한다
이것 저것 준비하고 싸다보면
그 길을 갈수조차 없다

모든 짐을 벗어버리고
모든 것을 내려놓고
아무것도 가지지 않은 채
그 길을 떠나야 한다

짐을 벗어 홀가분한 채로
마음 편히 자유롭게
그 길을 가야한다

41. 좋아하는 것에서

내가 좋아하는 것으로부터
문제가 생긴다

내가 애착하는 것으로부터
문제가 생긴다

내가 좋아하는 것에서
슬픔이 생기고
아픔이 생긴다

내가 좋아하는 것에서
구속을 당한다

내가 좋아하는 것을
놓아버림으로써
나는 자유롭다

42. 마음에 들어도

마음에 드는 것이라고
너무 좋아하지 말고

마음에 들지 않는 것이라고
너무 싫어하지 말고

내가 끌리는 대로 가지말고
내게 거슬린다고 배제하지 않는다

멀리 보고 다시 봐야
진실을 알 수 있을테니

43. 홀로

홀로 있음으로
시비분별이 끊어졌다

홀로 있음으로
우열과 성취가 사라졌다

홀로 있음으로
행복과 불행도 필요없다

홀로 있을 수 있기에
관계의 내가 남아있지 않다

함께 있음에도
홀로 있음으로 자유롭다

44. 낮은 자리

가장 낮은 자리에 있기에
마음이 편하다

더 이상 내려갈 곳이 없기에
마음이 고요하다

다른 이들을 의식하지 않으니
마음이 자유롭다

올라갈 일만 남았으니
마음이 희망차다

낮은 자리는 나에게
또 다른 세계를 보여주었다

45. 삶은 그렇게

외로워도 외롭다 못하고
혼자이고 싶어도 혼자일수가 없다

아파도 아프다 못하고
떠나고 싶어도 떠날수가 없다

의지하고 싶어도 의지할수가 없고
자유롭고 싶어도 자유로울 수가 없다

쉬고 싶어도 쉴수가 없고
멈추고 싶어도 멈출수가 없다

말하고 싶어도 말할 수 없고
그만두고 싶어도 그만둘 수가 없다

삶은 그렇게
우리를 잡고 놓아주지를 않는다

46. 그 길은

네가 가는 길을
나는 갈수가 없다

그 길이 어떤 길인지
그 앞에 무엇이 있는지 잘 알지만
그 뜻을 같이 할 수는 없다

나에게 더 좋을지 모르지만
나에게 더 쉬운 길인지 모르지만
나는 그 길을 택할 수 없다

내가 선택한 길이
더 어렵고 힘든지는 알지만
기꺼이 나는 그 길을 가련다

아직은 해야 할 일이 있기에
아직은 남겨진 일이 있기에
그것이 너무나 소중하기에

47. 응원

말을 하지는 못했지만
진정으로 기원했다

가만히 지켜보기만 한 채
오래도록 기다리기만 했다

언젠가 때가 올 거라 믿고
마음으로 응원만 했다

그냥 믿고 싶었다
속으로만 기대했다

그리고 그렇게 그 날이 왔다
나도 모르게 눈물이 났다

48. 집착

생각을 하되
생각에 얽매이지 않고

사랑을 하되
사랑에 집착하지 않고

돈을 벌되
돈에 집착하지 않고

일을 하되
일의 노예가 되지 않고

옳고 그른 것을 분별하되
그것에 집착하지 말고

모든 것을 하되
그것들을 뛰어 넘어야 할지니

49. 새

나무가지에 앉아 있는 새

저 새는
어디서 왔는지 모른다
어디로 갈지도 모른다

어디서 왔는지
어디로 가야 하는지도 모르지만
무척이나 자유롭다

하늘이 저 새의 세상이요
모든 곳에 갈 수가 있기 때문이다

50. 문제 없다

삶의 불확실성은 문제가 되지 않는다
삶은 경험하는 것이기 때문이다

삶의 답을 몰라도 상관없다
원래 답이 없는 문제일지도 모른다

삶에 미지의 영역이 있어도 괜찮다
그곳으로 여행을 떠나면 되기 때문이다

삶은 혼자여도 문제 없다
새로운 사람을 만나기 때문이다

삶은 힘들어도 상관없다
기억에 남을 추억이 될 수 있기에

삶에 거센 바람이 불어도 괜찮다
내 영혼에 새로운 바람이
들어올 수 있기에

51. 생각

내 생각이 나를
힘들게 하는지도 모른다

아무것도 아닌 것을
별것 아닌 것을
내 생각이 그 작은 것을
눈덩이 구르듯
크게 만드는 것인지도 모른다

지나가면 별게 아니었는데
무시해도 되는 것이었는데
그 작은 것이 나를 파괴하고
주위를 파괴하는지도 모른다

생각을 내려놓아야 하는 것이
나를 자유롭게 만든다

52. 일부

아픔은 일부일뿐 전부가 아니다
슬픔과 고통도 그저 일부일 뿐이다

그것이 삶의 전부라 생각하는 건
내가 그렇게 생각할 뿐이다

일부는 전부를 건드리지 못한다
일부는 포용하면 끝난다

아픔도 슬픔도 고통도
끌어 안으면 별것이 아니다

작게 생각하면 작게 되고
크게 생각하면 크게 될 뿐이다

일부가 전부를 망치기 전
전부가 일부를 포용하면
그것으로 끝난다

53. 새로운 삶

새로운 삶을 살 때가 되었다

과거의 모든 것을 벗어버리고
미련과 회한도 떨쳐버린채
새로운 삶을 살 때가 되었다

모든 잘못과 실수는
내가 끌어안고 가리라

과거에 얽매여
현재와 미래를
잃어버릴 수는 없다

새로이 태어난 마음으로
이제부터라도 후회 없이
살아가리라

54. 진정한 사랑

진정한 사랑은
존재를 바꾼다

진정한 사랑은
마음을 바꾸고
자아마저 바꾼다

진정한 사랑은
오래된 습관과
세상을 보는
시야마저 바꾼다

진정한 사랑에
눈물이 흐르고
혼돈이 찾아온다

그 혼돈으로
모든 것이 바뀐다

진정한 사랑을
모르기에 우리는
과거에 머물 뿐이다

55. 호랑이

호랑이는 먼 곳에서
먹이를 찾지 않는다

호랑이는 자신을
자신의 영역을 지킬 뿐이다

호랑이는 욕심을 위해
자신을 잃지 않는다

호랑이는 중요한 것을 위해
먹이에 연연하지 않는다

호랑이는자신의 영역에서
할 수 있는 것만 할 뿐이다

56. 막힌 길

길이 막혀 있다
더 이상 갈수가 없다

내가 가고자 한 길이었다
진정으로 원했던 길이었다

돌아서 갈 수 있는 길을 찾았다
그마저도 없었다

내 길이 아님을 알았다
미련없이 포기했다

다른 길이 많다는 것을 안다
내가 갈수 있는 길로 가면 된다

그것으로 족하다

57. 그것만로도

지금 가지고 있는 것으로 충분하다
더 바랄 것도 없다

더 많은 것을 가지고자
더 많은 것을 이루고자 할 때
지금을 잃는다

지금보다 더 소중한 것은 없다

오늘 행복하지 않은데
내일 행복이 보장되지 않는다

내일이 오지 않을지도 모른다
오늘이 마지막일 수도 있다

지금 가지고 있는 것으로 살자

그것으로 행복할 수 있고
그것만으로도 충분하다

58. 온전히

나의 존재를 온전히
받아들여 주기에

나의 단점도 그러려니
받아들여 주기에

나의 과거에 상관없이
나를 인정하여 주기에

나의 불안한 미래에
연연해 하지 않기에

나를 가장 나답게
만들어 주기에

나를 판단하기 보다는
마음을 쓰기에

59. 무엇도 아니다

내가 그동안 쌓아올린 것도
어차피 아무것도 아니다

내가 그동안 열심히 살아온 것도
생각해보면 아무것도 아니다

나의 최선을 다했던 순간도
돌아보면 아무것도 아니다

내가 오랫동안 믿어왔던 것도
지금보면 아무것도 아니다

존재란 그렇게 아무것도 아닌 것을
무엇이라 생각했던 것 뿐이다

60. 내 마음에

누군가는 왔다가
힐끗 보고는 가버리고

누군가는 왔다가
잠시 머무르다 가버리고

누군가는 왔다가
오래도록 머물다가 떠나간다

누군가는 내 마음에
배신감을 남기고
누군가는 내 가슴에
상처를 남기며

누군가는 내 영혼에
따스함을 남긴다

그렇게 모든 것이
내 속에 자국을 남기고

나는 그것을 끌어안고 살아간다

61. 착각

나에 대한 안다고 하지만
그는 나를 모른다

나에 대한 그의 생각을
그 스스로 안다고 할 뿐이다

그에 대해 아는 것 같지만
나도 그를 모른다

그에 대한 나의 생각에
나 스스로 안다고 하는 것 뿐이다

내가 그를 좋아하는 것 같지만
내 마음을 좋아할 뿐이다

그가 나를 좋아하는 것 같지만
그의 마음을 좋아할 뿐이다

내가 그를 싫어하는 것 같지만
내 마음이 싫을 뿐이다

그가 나를 싫어하는 것 같지만
그의 마음이 싫을 뿐이다

나는 나로 그는 그로
인정해줌으로 족하다

62. 낙하산

문이 열렸다.

양손에 낙하산을 부여잡고
허공을 향해 뛰어내렸다

엄청난 속도로 하강하기 시작한다
저 밑에 있던 땅위에 것들이
훅훅 나에게 밀려온다

낙하산을 폈다
공기의 저항력으로
낙하산이 찢어질 듯 하다

나의 속도가 빨라질수록
저항력은 커지기 마련이다

아무리 저항력이 크다해도
중력을 거스를 수는 없다

하지만 가장 중요한 것은
두려움을 없애는 거다

겁내지 말고 뛰어내리고
두려움 없이 낙하산을 부여잡는다

어려운 순간은 금방이다

잘못 착지해도
다리 하나 부러질 뿐이다

그러던 순간
땅이 바로 눈 앞에 다가왔다

땅에 발이 닿는 순간
머리가 쭈뼛했다

그렇게 또 하나가 지나갔다

63. 어디에나

삶은 어디에나 있다
도시에도
산속에도
바닷가에도
모래사막에도

삶은 누구와도 가능하다
차이가 있어도
성격이 달라도
과거가 어떻든
지금이 어떻든

64. 얼마든지

내가 바라고 원하는 것이
이루어지지 않는다해도
삶이 끝나는 것은 아니다

그것보다 더 소중한 것이
얼마든지 존재한다

진정으로 바라고
진심으로 원해도
안되는 건 안된다

그것보다 더 아픈 일이
얼마든지 존재한다

지금은 비록
원망스럽고 가슴 아프나
시간이 지나면 별것 아니다

삶은 충분히 누릴수 있으며
행복하고 기쁜 일이
얼마든지 존재한다

65. 상관 없다

무엇을 잃었어도 상관없다
다른 것을 얻을수 있다

소중한 것을 잃어도 상관없다
원래는 내 것이 아니었다

내가 바꿀수 없어도 상관없다
어차피 바뀌지 않는다

불행이 다가와도 상관없다
다른 행복도 오고 있다

돌아오지 않아도 상관없다
새로운 것도 오고 있다

소유하려기에 고통스러울 뿐
놓아버리면 상관없다

66. 남아있는 시간

내가 너무 많이 산 것은 아닐까
나의 남아 있는 시간은 행복할까

지나온 시간들보다 남아 있는 시간들이
더 나을지 그렇지 않을지
알 수는 없을까

나의 의지대로 삶이 살아지지 않았듯
남아 있는 시간도 나의 뜻대로
되지 않을지도 모른다

그러한 것들을 또 헤쳐나가야
하는 것일까
나는 이제 젊지도 않고 힘도 없는데

무엇을 바라고 살아야 하는 것일까

앞으로 좋은 일들만 있을 것도
아닌 것은 너무나 당연하다.
그래도 그것을 바라는 이유는 무엇일까

남아있는 시간동안 나를 정말
사랑해야 할 듯 하다

67. 누군가

누군가 다가와 내 손을 잡아주었다
너무 오랜만에 잡아주는 손길이었다
그 손이 한없이 고마웠다

누군가 내게 와 미소를 지었다
진정 오랜만에 내게 보내는 미소였다
그 얼굴이 너무나 아름다웠다

누군가 다가와 어깨를 두드려주었다
정말 오랜만의 응원이었다
그 손이 너무나 눈물겨웠다

68. 뒤돌아

뒤돌아 볼 필요 없다
돌이킬수도 되돌릴수도 없다

나에겐 뒤돌아 볼
시간도 여유도 없다.
오늘과 내일도 부족할 뿐이다

새로운 것을 기대하자
더 좋은 것 더 많은 것이
기다리고 있을 테니
새로운 세상이 문을 열고
나를 반길테니

69. 무의 세계

무의 세계로 여행을 떠난다

그곳엔 욕심도 없고
소유도 없으며
기대나 바라는 것도 없다

사람간의 관계도
성취하고자 함도
행복을 추구하지도 않는다

좋아함과 싫어함도
차이와 분별도
옳고 그름도 없다

무의 세계엔 오직
존재만이 있을 뿐이다

70. 지켜보기만

그냥 미소로 지켜보기로 한다

내 눈에 불합리해 보이고
더 좋은 길이 있어 보여도
멀찌감치 떨어져 지켜보기로 한다

많이 지쳐보이고
힘들어 보이기에
따뜻한 마음을 담아 지켜보기로 한다

가끔씩 하는 푸념섞인 불만과
왠지 모를 삶의 쓸쓸함에
마음이 아파 도와주고 싶지만
그저 내가 있는 자리에서
마음의 응원을 담아 지켜보기로 한다

믿음이 있기에
그를 존중하기에
마음은 앞서지만 서둘러 저지하며
여기 이 자리에서 지켜보기로 한다

71. 바라봄

우리는 그 사람을
진정으로 바라보고 있을까
그저 그가 거기에
있기에 당연하다 생각하는 건 아닐까

우리는 그의 마음을
헤아리고 있을까
그의 아픔과 슬픔
그리고 절망을 알고는 있을까

우리는 그의 영혼을
어루만지고 있을까
사막속에 홀로 있는 것 같은 외로움을
모르고 있는 것은 아닐까

그를 진정으로 바라본다면
그의 실제 모습을 알 수 있고
그를 진심으로 이해하며
마음 깊이 그를 받아들일 수 있지 않을까

72. 영원하길 바라며

영원하지 않은 것을 바라본다
언제 사라질지 모르나
영원하길 바라면서

영원하지 않은 것을 곁에 둔다
함께 하기 어려울때나
함께 하는 것이 행복할 때도
조건없이 함께 하고자 한다

영원하지 않은 것을 위해 산다
나의 희생이 의미 없어도
그가 알아주지 않더라도
댓가없이 그를 위해 아낌없이 준다

그렇게 시간은 흘러가
그 끝을 언젠간 접하겠지만
진정으로 영원할수 있기를
소망할 뿐이다

73. 시작과 끝

시작이 있었으면
끝남도 있기 마련이다

만남이 있었으면
헤어짐도 있기 마련이다

기쁨이 있었으면
슬픔도 있기 마련이다

삶은 원래 그렇다

잃은 것을 아쉬워말고
얻은 것을 기뻐하리

74. 고향

꿈 많던 젊은 시절
고향을 떠나
이역만리를 헤매고 다녔다

꿈을 이루기 위해
보다 많은 것을 배우기 위해
새로운 것을 경험하기 위해

타향은 나를 반기지 않았다
어디를 가도 힘들고 외로웠다

그 많은 것을 겪고 나서
그 꿈을 이루고 나서

내가 태어나 자란 곳
사랑과 따스한 정이 있는
나의 고향으로 돌아왔다

더 이상 내 고향을 떠나지 않고
이 곳에서 삶을 마무리 하리라

75. 그냥 곁에서

얼마가 남아 있는지 모른다
어디까지 할수 있는지도 모른다

그냥 곁에서 남아있기만을 바란다
너의 목소리를 들으며
나의 한계를 깨우치며

그것에 만족하며
더 바라지 않는 상태로
그렇게 오늘을 지키며
무슨 일이 일어날지 모르기에
내일을 바라지 않은 채

76. 단지 그럴뿐

생각해보면 별것이 아니었다
단지 그러할 뿐이었다

발버둥칠 필요조차 없었다
단지 그것일 뿐이었다

전부라 생각할 일이 아니었다
단지 그것일 뿐이었다

더한것도 덜한 것도 없다
세상은 단지 그러할 뿐이다

그것은 그것이고
이것은 이것일 뿐이다

77. 나는 원래 없었다

내 몸은 나로 말미암지 않았다
부모님으로부터 비롯되었을 뿐이다
내 몸은 원래부터 없었다

나의 지식은 나로 인함이 아니다
다른 이들의 지식으로부터 왔을 뿐이다
내 지식은 원래 없었다

나는 육체와 생각은
다른 이로부터 다른 것들로부터
잠시 빌린 것 뿐이다

바랄것도 원할것도 없다
원래 내것은 없었고
나로 말미암은 것도 없었다

78. 도망가는 나

화가 나면 나도 모르게
나로부터 도망가는 나

두려우면 나도 모르게
나로부터 도망가는 나

힘이 들때 나도 모르게
나로부터 도망가는 나

내가 나로부터 도망가면
그 나는 어찌하나

마음의 노예가 되지말고
마음의 주인이 되어야 하련만

79. 돌이끼

세월이 쌓이고 쌓였다.
세월속에 아픔과 슬픔이 있었다

그 아픔이 눈물되고
그 슬픔이 한이 되었다

그 많은 눈물과 한이
푸른 이끼되어 돌에마저 앉았다

잊혀지면 좋았으련만
사라지면 좋았으련만

이제 그 돌과 함께
더 오래도록 계속되려나

80. 경험

삶은 경험하기 위함이다
일어나는 일에 두려워할 필요없다

뭐든지 경험해도 문제없다
아픔도 슬픔도 고통도
기쁨도 행복도 성취도
모두 삶의 당연함일 뿐이다

삶은 이유와 목적보다는
그 자체가 더 중요할 뿐이다

이루지 못해도 얻지 못해도
아무런 문제 없다

삶은 경험해 본 것으로 충분하다

81. 사랑해주는

나를 사랑해주는 사람이 없어도 괜찮다
내가 나를 사랑하면 된다

나를 미워하는 사람이 있어도 괜찮다
내가 나를 미워하지 않으면 된다

조건없이 나를 사랑해주는
사람이 있을까
자신을 다 내려놓고
나를 사랑해주는 사람이 있을까

그런 사람이 있으리라 기대하지 않는다
내가 나를 그렇게 사랑하고 말리라

지금 내 모습 그대로
있는 그대로
나 자신을 사랑하리라

따스한 햇볕
눈부신 푸르른 하늘
너무나 아름다운 꽃들

밤하늘의 빛나는 별처럼
나도 그러한 존재라 믿으며
내 자신을 사랑하리라

나를 진정으로 사랑하는 사람은
나밖에 없으므로

82. 끝까지 가렵니다

길을 가다보면
많은 일이 생깁니다

돌부리에 걸려 넘어지기도 하고
거센 바람에 옷깃을 여며야 하고
배가 고파도 참기도 해야 하며
먹을 물이 없어 목이 타기도 하고
갑자기 오는 비에
다 젖어버리기도 합니다

어떨땐 누구를 안고 가야 하고
어떨땐 누구를 업고 가야 합니다
지쳐서 쓰러져도 다시 일어나야 하며
다친 발을 끌고서도 걸어가야 합니다

힘들다 생각하고 어렵다 투정하는 것도
어쩌면 사치인 것 같습니다

어쨌든 그 길을 끝까지 가고자 합니다
아무런 생각없이 그저 묵묵히
그러려니 하고 그 길을 가렵니다

83. 흔들리는 별

별이 흔들린다
어둠속에서
저 높이 있는 곳에서

그 자리에 계속 있을 거라 생각했는데
영원히 빛날거라 생각했는데

이제 그 별이 사라질지도
영원히 내 곁을 떠날지도

그토록 오래동안 그 자리에 있었는데
그 많은 세월을 지켰는데

내 눈에 흔들리는 그 별은
이제 내 마음속에 영원하기를

84. 놓아버림

과거도 놓아버리고
미래도 놓아버립니다

나를 놓아버리고
다른 이도 놓아버립니다

삶의 목표도 놓아버리고
욕망도 놓아버립니다

아무것도 이루지 못해도
아무것도 얻지 못해도
상관 없습니다.

삶의 자유가 있을 뿐입니다

85. 문제도 답도

멀리서 보니
가까이서 본 것과 다르네

가까이서 보니
멀리서 본 것과 다르네

오늘 생각해 보니
어제 생각한 것과 다르고

오늘 생각한 것은
내일 생각할 것과 같지 않을 것 같네

어제는 문제가 너무 크게
다가온 듯 한데
오늘 다시 보니 별 문제도 아니었네

모든 것은 보기 나름
생각하기 나름일뿐

삶에는 문제도 없고
답도 없는 것 같네

86. 알고 있네

어떻게 해야 할지 난 알고 있네
이제는 무언지 알기에

고민할 필요도
괴로워 할 필요도 없네
어떻게 될지 알기에

어떻게 되더라도 상관없네
삶이 별게 아니란 걸 알기에

무슨 일이 일어나도
어떤 일이 일어나도
다 겪으면 될 뿐이네

겪게 되고 겪고 나면
그뿐이란 걸
난 알고 있네

87. 맡기고

난 가진 것이 없어도
아무런 문제 없네

난 많은 것을 잃어도
아무런 문제 없네

무언가를 위해서 사는 것도
이루고자 하는 것도 없기에

원래 내것이 없었고
영원히 내것도 없을 것이기에

그저 흐르는 물에
나뭇잎이 흘러기듯

세월에 나를 맡겼기에
마음이 편안하고 자유로울 뿐
흘러감을 느끼는 것으로
나는 충분할 뿐이네

88. 내면 속에

다른 것들이 나에겐 있네
아무도 모르는 나의 내면속에
나를 위한 나의 위로가 되어주는
그러한 것이 내 안에 있네

그것은 영원히 나와 함께 하리란 걸
그것은 나를 떠나지 않으리란 걸
언제나 나를 위한 응원가를
불러주리란 걸
오늘도 나에게 부드럽게 속삭이네

그 소리가 나의 가슴에
뜨거운 나의 가슴에
계속해서 울리고 있네
나를 위해 지금도 울리고 있네

89. 나를 봅니다

오늘도 나는 조용히 앉아
멀리서 나를 바라봅니다

내가 어디에 서 있는지
어디로 가고 있는지
내가 어떤 선택을 하는지
나의 밖에서 나를 봅니다

내가 어떤 생각을 하고 있는지
어떤 감정이 일어나는지
스스로 나를 바라봅니다

내가 나를 볼수 없다면
다른 사람이나 사물을
바라볼 필요도 없습니다

나를 먼저 보고
나를 먼저 알며
나를 스스로 조절하기 위해
오늘도 나를 바라 봅니다

나의 내면의 소리를 듣고
내면의 나의 모습을 보고
내가 어떤 일을 하려 하는지
멀리서 나를 바라봅니다

오늘의 나를 지켜보기에
보다 나은 내일을 기대합니다

90. 사랑은 그 자체로

남기지 말아야 한다
미움도 아픔도 배신감도
그저 좋아했던 것만으로

깊어가면 갈수록
애착과 집착도 커져 갔기에
미움도 증오도 커져갈수도 있기에

사랑했던 그것으로
좋아했던 그것으로
아름다운 추억으로
더 이상을 남기지 않은 채
온전한 사랑으로 완성해야 한다

맡 김

정태성 일곱 번째 시집   값 8,000원

초판발행 2021년 12월 15일
지 은 이 정태성
펴 낸 이 도서출판 코스모스
펴 낸 곳 도서출판 코스모스
주   소 충북 청주시 서원구 신율로 13
대표전화 043-234-7027
팩   스 050-7535-7027

ISBN 979-11-91926-14-9